Cuentos para pulguitas

PULGAS, EL PERRO DE JOSE LUIS

de Margarita Robleda Moguel
para José Luis Estudillo Robleda

 © 1990 por **Sistemas Técnicos de Edición, S. A. de C. V.**,
San Marcos 102, Tlalpan, 14000, México, D. F.
Miembro de la Cámara Nacional de la Industria Editorial,
registro número 1312.

ISBN 968-6394-70-2
Primera edición: 1990
Primera reimpresión: 1994
Segunda reimpresión: 1996
Tercera reimpresión: 1996

DEFGHIJKL-M-99876
Impreso en México. *Printed in Mexico.*

Pulgas, el perro de José Luis se terminó de imprimir en noviembre
de 1996 en los talleres de La Impresora Azteca, Poniente 140,
núm. 681-1, Col. Industrial Vallejo, C. P. 02300, México, D. F.
El tiraje fue de 4 000 ejemplares.

Cuentos para pulguitas

PULGAS, EL PERRO DE JOSE LUIS

Margarita Robleda Moguel

Ilustraciones y portada
Maribel Suárez

SITESA
SISTEMAS TECNICOS
DE EDICION, S.A. de C.V.

José Luis llamó Pulgas al perro que vivía
en su casa

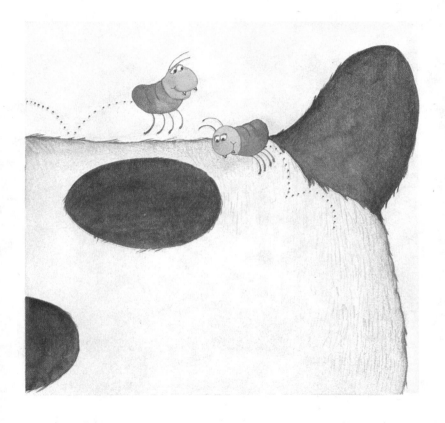

y Perros a las pulgas que habitaban en el perro.

Perros y Pulgas, pulgas y perro, vivían
muy contentos en la casa de José Luis.

Hasta que un día, Perros picaron a José
Luis y a éste, le salió una ronchonota
enorme.

Su mamá decidió enojadísima, que no quería más pulgas en su casa.

Pulgas, al escuchar esto, corrió a
esconderse debajo del sofá.

José Luis lloraba llamando a Pulgas.

Su mamá lo quería consolar diciendo:
—Sí me gustan los perros, lo que no
quiero son pulgas.

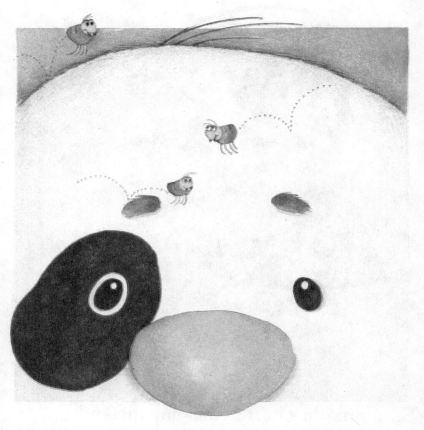

Perros, encantadas, brincaban de puro
gusto.

Pulgas lloraba quedito, enroscado debajo
del sofá.

José Luis le pedía a su mamá:
—¡No te lleves a mi Pulgas!

—¿Cómo? —preguntó la mamá
asombrada— ¿te gustan las pulgas?

No me gustan las pulgas —lloraba José
Luis—, quiero a Pulgas.

—Pero las pulgas pican —insistía la
mamá.

—No —dijo José Luis—, Pulgas ladra.
Mira: "Pulgas, Pulgas" —llamó y Pulgas
salió debajo del sofá.

A la mamá le dio mucha risa todo el
enredo, pero le explicó a José Luis, que
por alguna razón las cosas se llaman por
su nombre y así podemos entendernos.

Imagínate —continuó— que un día le cambies el nombre al plato por vaso y al vaso por zapato...

...y si te digo: sírvete la leche en el vaso y tu huevo estrellado en el plato...

Entonces José Luis comprendió que las
cosas por algo se llaman como se
llaman...

porque... ¿qué tal si un día a su mamá le
dice papá... y a ella le salen bigotes?